민음의 시 ● 320

개구리극장

마윤지 시집

민음사

자서(自序)

밤
조용한 골목을 따라 지워지며
홀로 기쁨

2024년 3월
마윤지

차례

1부

2부

3부

1부

오랑은 사람 우탄은 숲

동물원에 간 어린 내가

고슴도치
나라고 생각하는 것

거북이
엄마가 먼저 본 내 모습

돌고래
절대 같아질 순 없다고

괜찮아 만져도 돼

오랑은 사람
우탄은 숲이란 뜻이래

나는 무서운 듯
뒷걸음질 치며

가까이 갈 수 없어
망칠 수 없어

이름을 부를 때마다
수많은 벽돌

아이가 던지고
아이가 받은

내가 무너뜨릴 수 없고
내가 쌓을 수 없는

만질 수 없는 것을 사랑한다는 건
다행인 일이지만

밤새워 달리는 두 마리의 말은 언제나
가슴 속으로 돌진해 오며

아이들

*

종을 흔들었어
아무 소리도 나지 않았어

시시해
놀이터에 종을 놓고 돌아왔어

매일매일 생각나
매일매일 그렸어

*

옛날 옛적에 귀신이 살았습니다

귀신이 살아 있어?

아 귀신이 죽었습니다 죽고 나서 귀신이 되었습니다

*

이제 불 수 있지 휘파람

둥지에 웅크린 휘파람

휘파람을

떨어트려 죽이는 휘파람

차에 치인 휘파람

다시 다시

알을 깨고

휘파람

스타팅 라인

탕 소리가 나면 뛰는 거야 앞만 보고

총에 맞으면 어떡해?
친구가 웃으며 말한다

그럴 리 없으니까 걱정 마

허리를 숙이고 신호를 기다리는 잠시
정말 그럴 리 없는 걸까 생각했을 때

의사는 다정한 목소리로

잘 뛰고 있는데요
불안하다면
24시간 관찰 검사를 해 보겠어요?

그날 운동회에서는
아무도 총에 맞지 않았고
우리 반은 졌다

> 정말 그런 걸까

돌아가서
정말?

되감아도 같은 장면

심장의 출발
도착과는 상관없는 일

심전도 측정기에 옆구리가 배겨
몇 번이고 잠에서 깬다

흘린 땀에서 비린내가 난다

윤달

꿈에서 사람들 몇이 나무 수레에 관을 실어 왔다

당신 거요

관 속에 영양크림이 있었다

할아버지를 이장하는 날 엄마가 말했다

크게 놀라지 않아도 된다 안 썩었을 거야

등과 엉덩이 살이 반 이상 남아 있었다

그 이후로 엄마에게 꿈 이야기 하는 것을 그만두었다

다음 날 그 다음 날에도

여름 과일에서 단맛이 났다

포천

만나는 어른마다 우리에게 땅콩을 한가득 쥐어 주었다

첫 번 것은 먹지 않고
지붕 위로 던지는 거야

이로 깨물어 부순 부럼 속
털 없는 새빨간 쥐

달이 뜨자 사람들이
불을 붙여 놓고 소원을 빌었다

쥐불이 뱅글뱅글 돌았다
골고루 잘 태우면 그해에 전염병이 없다고

추위에 흙 속으로 파고든 쥐 떼
그게 다 거름이 된다고 했다

보이지 않는 곳부터
보이지 않는 데까지

> 나무에 기대어
사람 구경하는 귀신들

얇은 가죽신 때문에 발이 시려워
친구들이 발이 어디 있는지 모르겠다고 할 때

나는 발이 가렵다고
가려워 죽겠다고

*달아달아 밝은달아 대낮같이 밝은달아**

밭에서 애들이랑 꽹과리 연주를 했다
고깔과 상모를 힘차게 젓는 동안
커다란 불이 인간의 귀를 떼어 간 것을 알았다

* 영남 사물놀이 가락 중 '별달거리'. 풍년에 감사한 마음을 노래하듯 부른다.

사월

셔츠를 펼친다

손가락이 바깥으로 휘어 있다

바람이 빈 곳으로 달려 들어간다

땅이 자꾸 끓는다

땅이 밤마다 몽둥이다

눕지 못해 딱딱해진 사람들이

거리로 쏟아져 나와 걷는다

차례로 서서 뒤척인다

나는 자주 물을 마셨다

불에 탄 자리는 짙은 색

불에 탄 자리는 짙은 옷

뒤섞여 있는 것들은

사람에게서 멀리 걸어 나온 발

빈집을 비닐에 넣는 동안

하늘이 처음인 구름 행렬

접어 놓은 지 오래된 슬픔은 못 입는다

사과는 조금 좋다

집은 가파른 언덕 꼭대기에 있어서 가방이 무겁거나 종일 더운 날이면 당신은 골목에 다다르기 전부터 힘이 빠지곤 했다. 당신은 바로 앞집이나 그보다 아래에 사는 사람의 얼굴을 모르지만 얼마간 거리를 두고 같이 오르는 이의 뒷모습을 본다. 당신이 멈추어 숨을 쉬자, 앞선 그도 멈추어 숨을 고른다. 당신은 '나인가' 생각하고는 놀란다. 나라니? 당신은 누가 울면 울 일인가 하고, 헤어질 때에도 '다신 볼 일 없다' 돌아서면 잊어버리는 사람이다. 젓가락질을 어떻게 하는지, 오르막길에 신발을 왜 저렇게 꺾어 신었는지, 무슨 귤을 천주머니가 터질 듯 많이도 샀는지. 앞으로도 영영 알 수 없을 사람을 나라고 생각하다니. 가을 낮이 너무 뜨거워 그래. 당신은 단감, 무화과, 배 같은 잘 먹지도 않는 몇 개를 떠올리며 여러 번 소리 내어 본다. 금세 대문 앞에 도착한다. 어쩐지 기억하고 싶지 않은데도 그 사람이 옮겨야 하는 귤은 몇 개였을까 세어 보고 싶어진다. 그 뒤로 오를 때마다 언덕이 더 길어진다. 가을은 제철 과일이 별로 없어서 당신은 '하우스에서 자라는 게 요즘은 뭐 당연하지' 중얼거리며 블루베리 딸기 체리까지 가 본다. 자꾸자꾸 가도 제자리 귤이다.

개구리극장

비 오는 날 극장에는 개구리가 많아요
사람은 죽어서 별이 아니라 개구리가 되거든요

여기서는 언제든 자신의 죽음을 다시 볼 수 있어요
때로는 요청에 의한 다큐를 함께 보고요

주택가에서 살아남는 방법에 관한 상영 114분
들키지 않고 우는 방법에 관한 재상영 263분

그러나 역시 최고 인기는
새벽녘 같은 푸른 스크린 앞
부신 눈을 깜빡이며 보는 죽음이에요

손바닥을 펼쳐 사이사이 투명한
초록빛 비탈을 적시는 개구리들

우는 것은 개구리들뿐이지요
이젠 개구리들도 비가 오는 날에만 울지요

의자 밑
인간들이 흘리고 간 한 줌의 자갈
그것이 연못이었다는 이야기

떼어 낸 심장이 식염수 속에서
한동안 혼자 뛰는 것처럼

떨어져 나온 슬픔이
미처 다 걸어가지 못하고
멈추기 전에 낚아야 해요

내가 나를 본 적도 있을까요?
개구리이기 이전에요
영화 속 불운은 내 것이 아니라고 믿었을 때요

나는 극장에서 사람 구경을 자주 해요
사람들이 어둠 뒤에 숨어 울고 웃는 걸
반짝이는 죽음이라고 이름 붙였거든요

영화 좋아해요?
극장에 올래요?

연천

군용지 주변의 땅이 꺼지면서 교통사고가 났다

물렁거리지 않게
무덤은 깊고 넓을수록 평평해야 한다고 했다

작년 동해에서 가져온 돌을 아이들에게 보여 주었다
아이들이 비린내 나는 강가에서 돌을 주워 왔다
사람들이 며칠씩 고기를 못 먹었다

여름 촉감

분수 광장의 아이들
손을 잡고 한 줄로 걷는다

물이 솟는 블록을 찾아
다음 차례를 기다렸다가

더 가까이

낮은 환하고
광장은 캄캄하다
저 나란함이 빛나기 위해

젖은 옷이 따뜻해
속이 다 비치는데
무엇에도 뚫리지 않을 것같이

때때로 진동하며
튀어오르는 물줄기의 전조처럼
광장 밑에는 사람들이 묻혀 있다

> 몸의 몸
더 끝에 있는 몸

어떤 물기둥은
바른 자세로 고개를 숙인
기도의 모양

야야 신기해 팔 벌려 봐 되게 무겁다

아이들이 물줄기를 꺾어 햇빛에 뉘인다

한없이 예쁜
저 입체가 두렵다
바라볼 뿐인데

있는 힘껏 옷을 쥐어짜고도
물이 뚝뚝 흐르는 수건을 가방에 넣어
가장자리로 달려가는 목소리

여기서 일어나는 일들은
금방 잊혀질 수도
아닐 수도 있지만

만져지는 건 늘 뒷목
나타나기 전에 이미 닿아 있는

필요하신 분 가져가세요

이사 온 집에는 작은 쪽문이 있다
그 문으로 부엌도 가고 옥상에도 간다

이번 여름
텃밭의 토마토는 내내 연두색

이 골목의 집들은 마루 같은 큰 창이 있어
앞집 옆집 무얼 들여오는지
무얼 버리고 떠나는지 다 들리고 다 보인다

윤지야 왜 또 문을 닫아 맞바람이 시원한데

아빠가 1층 계단 앞에 써 붙인 글씨

모종은 방울토마토 흑토마토
생활은 액자, 안마기 가져가세요

집집마다 모종이 많다
집집마다 모종이 많이 죽는다

> 내놓아도 아무도 가져가지 않을 것 같지만
아빠는 처음 보는 씨를 얻어 와 심으며

알아?
양배추에서도 꽃이 난다

모종은 방울토마토 흑토마토
생활은 액자, 안마기 가져가세요
씨앗 소량 양배추

풍경

나는 흐르고 있어요
우산을 쓴 당신의 어깨를 타고

아니야 나는 바람입니다
당신의 머리칼에 손가락을 쑥 넣을게요

잠들지 않는 허공
먹지 않는 거울
한쪽으로 춤을 추는 은빛 잎들

그게 나라는데

내가 닿았던 유리컵
내가 완성하지 못하는 입술

팔이 있던 자리를 들어 올리면
벼랑이 쏟아져요

누울까요

당신의 발이 바닥에 닿을 때마다
조금 흔들릴 수도 있을 거야

참을 수가 없어
어르고 달래다가

나를 뒤집어 다 쏟아 내도
이미 당신은 내 몸에 갇혀 죽었나 봐

꺼낼 수 없는
예감

빗금을
통과

흠뻑 젖어 무겁다는 말을 믿을 수 없게 된다

혜미의 아파트*

　비둘기 구경을 실컷 하고 걸어오니 오래된 아파트 입구
앞 아름다운 목련나무가 있다 긴 사선 복도의 건물이 신
기해 걸어 올라가 보기로 한다 1층은 흡연 금지 낡은 비
상구의 문을 노끈으로 당겨 잡아 두었다 벽면에 길게 붙
은 고무 패드는 마모되었지만 꽤 푹신하다 층마다 화분이
있다 스티로폼 화분은 어디에서도 잘 자라지 3층 비상구
엔 문고리가 없다 건너편 아파트에서 이사가 한창이다 공
사 중인 주변 건물들이 꽤 높이 올라와 있다 목련나무가
점점 작아진다 이번 층은 플라스틱 타이로 문을 고정했다
냄비 안 수북한 꽁초 높은 곳까지 올라와 담배를 태우다
가 돌아갔을 사람들 구석엔 이끼와 곰팡이 미끄럼 방지턱
을 신발 끝으로 문질러 본다 다 닳아 소용없지만 조금 천
천히 꼭대기까지 왔다 흙이 가득한 자루 옆 토마토가 빨
갛고 노랗다 바람이 크게 드나든다 우와 하늘 좀 봐 멀리
롯데타워도 보인다 작은 발자국이 여러 개 찍혀 있는 난
간과 벽면에는 새 그림 큰 새 작은 새 날개 없는 새 날아
가는 새 그림 혜미가 그려 놓은 그림 햇빛 피할 곳이 없어
부식된 옥상이 꼭 자갈 해변 같다 저 아래 목련도 하얀
자갈로 보인다 달아 놓은 지 얼마 되지 않은 모델까지 초

인종이 두 개씩 붙어 있는 현관들을 지나 손잡이에서 손을 떼지 않은 채 1층까지 내려간다 새카만 손바닥이 반짝거린다 모든 비상구의 문이 활짝 열려 있는 아파트 두 블록마다 교회가 있는 동네 성공적인 재건축을 기원하는 대자보 고양이를 사랑하는 사람이 많은 골목을 지나 집에 가는 길이다

* https://blog.naver.com/hemi1216/223052236759의 글을 재구성했다.

여름 방학

너 매미가 언제 우는지 알아?

동트기 전부터 아침 먹을 때까지 우는 애가 참매미다
아침부터 낮까지 우는 매미는 말매미고

에스파뇰 공부를 한다고 했지
우리는 마당에 앉아서
따르르르 아르르르 한참 연습했다
보쏘뜨로 ─ 스 보쏘뜨라 ─ 스

뜨거운 날엔 옥상에 물을 뿌렸다
크고 넓은 나뭇잎
1층 대문 밖 골목
옆집 뒷집에까지 몰래 그렇게 했다

너넨 울면서
새도 쫓고 더위도 잊는다고 하던데

아니야 매미는 떨면서 소리를 내는 거야

가득 찬 고무 대야
아주 느리게 헤엄치는 날개들

불이 너무 뜨거워 불 속에 손을 넣었다
좋은 일이 생길 거라고 했다

봄이 아니야

산에서
풀들이 떠는 냄새를 맡았다

매화가 언제 그렇게 피었는지
사람 같은 건 알 수 없는 비밀

지붕 끝에 집을 짓고 살던 벌들이
장례가 끝난 날
벌집을 다 비우곤
다시는 돌아오지 않았다

잊을 수 없는 것들을
아, 깜빡 잊었다
하고 말해 볼까

산까치는 몸이 작고
마을 사이로는 날지 않는다고
할머니가 말했다

엄마가

식탁에 놓인

무화과잼의 생년월일이 언제냐고 물었을 때

고개를 숙이고 나는

나에게 들리도록 답한다

모두의 두려움 속에서 태어났다

새해

남자들 몇이 체인 톱으로 나무를 자른다

약을 들이부으며

다시는 위험하게 자라지 마라
여긴 사람들과 너무 가까운 곳이야

불 없이도 까맣게 녹아 흐른 자리
뛰쳐나가 들여다본다

아프다면 잘 낫지 않을 것입니다
분실물은 없을 것이고
이사하거나 여행하는 것은 괜찮습니다

나는 그런 것이 좋았는데

오래오래 누군가를 생각하기 때문에
이따금 그 사람이 되고
여러 사람으로 늙게 된다는 점괘를 뽑은 적이 있다

> 깨끗한 물을 떠다가
온종일 빗자루질을 했다

먼지에 붙어 쓸려 가는 빛 뭉치
담벼락을 따라잡는 새들
투명으로부터 뿜어져 나오는 피

술에 취한 여자가
죽어서도 반쯤 살아 있는 나무를 발로 차는 밤
죽었는데 아직 남았다고 남았다고

소리치다가 울다가 따귀를 때리다가 내 위로 쏟아지는
밤

너 왜 말이 없어
대체 왜 그러는 거야

겨울 내내 열려 있는 무덤이다

› 슬픔이 사람들을 불길하게 한다

스키 캠프

분명 배낭에 넣었는데
누가 훔쳐간 거야
내가 제일 아끼는 신발

꼭 이런 아이가 한 명씩 있었다
그럼 나는 무서운 이야기랍시고

신발을 도둑맞으면
다른 사람이 되어 살아야 한대

오늘처럼 추운 날 귀신들이
옷장 안
침대 밑에도 숨긴다고 하더라

산 중턱
오갈 수 없는 폭설 속에서

사람들은 종일 스키를 타고도
또 눈을 보려고 커튼을 활짝 열어 둔다

너 그럼 이제 누구로 살아?

조그만 내복과 양말을
가지런히 말리며

혀에 눈을 받는다
녹아 사라진다

나도 모르지

날이 밝아
아이들이
캐리어를 끌고 집으로 돌아간다

눈을 비비며
서로의 신발을 뒤바꿔 신고

2부

이 세계를 걱정하는 방법

우리는 농담을 하기 위해 모였습니다
나는 평생 그런 걸 해 본 적이 없어
손에 땀이 났습니다

선생님이 물었습니다
여기에 왜 왔나요?
제가 없다고 생각하고 자유롭게 말해 보세요

돌아가면서 농담하는 시간인가 봐
사람들이 웅성거렸습니다

옆자리 앉은 사람이
나에게만 들리는 소리로
우리가 어떤 농담을 하는지 보러 왔다고 했습니다

당신 차례가 되었습니다

안동에서는 조문객들이 절을 할 때마다

어이 어이 어이 어이
곡소리를 낸다고

그러면 상주와 가족들이

어이 어이 어이 어이
곡을 받는다고

사흘장이 끝날 때면 목이 아파
아무도 소리 내어 울지 않는다 했습니다

선생님이 창문을 반쯤 열었습니다

그리고 지금 나는
서울에서 밤을 보내며
흠흠. 목을 가다듬고 소리 내어 말해 봅니다

개구리가 저기서 맹하면 여기서 꽁한다
그게 맹꽁이다

날이 무더워지기 전에는 바람이 많이 불고

초여름

장독대 안에는 분명 매실이 있습니다

우리 영혼의 바닥까지
줄 을 내 려 사 랑 을
길 어 올 리 는 동 안

여기를 살고 있습니다
그곳은 어떠한가요

어둠처럼 빽빽하게 달라붙어
물결치는 손목들

빛 속을 유영하는
주인이 필요 없는 그림자들

튼튼해지고 싶습니다

노을이 굳게 막히고
빗소리 위에 빗소리뿐인 나날

아직 잠기지 않은 아이들은 궁금합니다

선생님 사람은 왜 이름이 있어요?

공책에 글자가 꽉 차면 어떻게 해요?

숨을 오래 참았던 사람은
멀미를 앓는다고 합니다

잃어버린 것에 대해 묻고 싶어

옆자리에서 잠이 든 영혼 몰래
버스의 투명한 차창을
버려 두고 내립니다

그러나
왼쪽
가슴의
작은 문

매일 매일의 밤마다 들어가
내가 자고 있는 동안 노래를 불렀습니다

끝나면 또 불러야지
도무지 생각이 나지 않았습니다

우리가 너무 많았습니다

오늘의 한가운데

처음과 같이
이제와 항상
영원히 아멘

내가 사는 곳에서는
이런 축복을 하곤 해

두려움이라는 은총으로
엮어 만든 꽃다발

사람은 죽어서도 꽃을 받는다
다음 사람
다음 사람에게까지

오래도록 이곳에 있다가
더 오래도록 다른 곳에 있게 될 때

그건 어쩌면
처음과 같이

이제와 항상 비슷한 것

오늘 막 태어난 초겨울

너의 손바닥에서 느껴지는
숨

얇은 얼음에 갇힌
낙엽의 자장가처럼 말야

신이 아니라서
신을 꿈꾸는 방법을 알지 못해서

둘만 아는 주머니에
고양이 털을 가득 모았지
이렇게나 가벼운 영원이라고

움푹 패인 겨드랑이에
우리의 시린 주먹을 데우며

> 나는 이제 한 사람을 서성이는 사람

투명하고 차가운 눈송이들을 모아
빛의 창문으로 너를 데려가는 사람

내게는 없던 믿음
조금 가져와
오늘부터
알 수 없는 축복을 살기로 한다

무릉리 무릉도원집

이 집에서 태어나 이 집에서 죽는 생각을 했다

우울 속엔 땅콩버터와 유람선

가까운 곳엔 귤나무와 돌고래

눈물을 많이 흘린 날엔 잠을 잘 잔다

한라산 등반 코스 중에는
한라산으로 이어지지 않는 길이 있다

산에서 평지를 생각하고
섬에서 육지를 생각해

해가 집의 어디로 들어와 어디로 나가는지
지켜보게 되는 일

파도와 바람
몸살을

> 구분하는 일

그만둬

검은 옷을 입은 사람이 찾아와 집을 보겠다고 한다

몇 분이 사십니까
조금 많습니다

몇 분이 사십니까
삼백 명입니다

무얼 하시렵니까
옷만 갈아입고 가겠습니다

어디에나 창문이 있어 열어 두었다

멀리서 내가 죽었다는 말을
꿈에서 자꾸만 들었다

겨우 시를 읽고 겨우 돌아누워

그림처럼 그 집이 좋았다

동지(冬至)

12월에는 흐린 날이 하루도 없으면 좋겠다
그런 약속이 있으면 좋겠다

놀이터엔 애들도 많고 개들도 많으면 좋겠다
살도 안 찌고 잠도 일찍 들면 좋겠다
조금 헷갈려도 책은 읽고 싶으면 좋겠다
어디든 갈 수 있는 차표를 잔뜩 사고 안 아프면 좋겠다

30만 년 전부터 내린 눈이 쌓이고
눈의 타임캡슐 매일의 타임캡슐
다 흘러가고 그게
우리인가 보다
짐작하는 날들이 슬프지 않으면 좋겠다

묻어 놓는 건 숨기는 게 아니라 늘 볼 수 있도록 하는
거지
그 무엇보다 많이 만져 보는 거지
나중엔 번쩍 번개가 되는 거지
오렌지색 같은 하늘이 된다 맛도 향기도

손가락이 열 개인 털장갑
이를테면 깍지
햇빛의 다른 말이다

작게 말하기

병원에서 일하는 네가
집에 들어와 오래도록 자겠다고 한다

턱 밑에 피가 묻어 있다
어쩌다가 그랬니
물어도 말없이

나는 종종 튤립과 호아니를 묶어
너의 손에 쥐여 보냈다

아무 소식 없는 창가
유니폼
얼룩

몇 인실이든 그런 곳이
있다고 했다

아주 작은 소리로 말하는 사람들

조용조용히
가만가만히

네가 꾸는 꿈속엔
나무가 흔들리거나

얼굴과 이름이 맞지 않는 친구들
사이에 김가영이 있다는 이야기

가영이는 군인이었다가
가영이는 몇 해 전 죽은 이모였다가
가영이는 첫눈이었다가
가영이는 가느다란 종아리였다가
가영이는

그래도 너는 매번 손을 잡으며
잘 지내니 가영이구나 또 왔구나
그래야만 한다고 했다

이른 아침의 깨끗한 냄새
몸에 잘 붙는 것들의 순식간

너는 여우 문신을 하기로 한다
팔목
점 같은 마음에 가까우려고

나는 할 수 있는 만큼 멀리 갔다가
천천히 돌아와

좁은 방
땀 흘리며 숨을 쉬는
어둠에 귀를 댄다

새에 대한 믿음1

눈 한 번 깜빡 할 때마다
새 한 마리가 죽는다는 거 알아요?

유리 벽은 어디에나 있지만
부딪친 새를 본 적은 없다

사랑하는 무엇이 생기면 팔이 길어지고
어깨가 슬쩍 넓어지는 것 같다

한 번에 안을 수 없다는 걸 알면서도

동그랗고
하얀
스티커를 붙인다

아래 위
왼쪽 오른쪽

피로해지면 천천히

눈을 감았다

지금의 낮을 걷어 올리며

촘촘히
부지런히

아래(에서) 위(로)
왼쪽(에서) 오른쪽(으로)

안음은
몸속의
방향을 껴안는 일

새를 기다리지 않는다
벽을 기다리지 않는다

하늘
구름 쪽으로 쏟아진다

불가능 도시

찌릿할 때 있어?
마음이 말야
어쩌면 몸일지도

누군가의 마음을
고압 전선을 통해 보내 주고 싶어

그게 다 네가 걱정하는 사람의 선풍기 바람이 되어 주고
그 사람이 먹을 여름의 과일들을 시원하게 해 줄 수 있
다면

네가 끝내
아 올해는 지독히 더웠어
불만만 한다고 해도

나는 그런 것만 하고 싶지
그럴 수 없다는 걸 알기 때문이지

나의 발전소에 온 사람들은

아 그럴 수는 없는 거구나

차도 못 타고
버스와 지하철이 멈춘 도심을 걸어

자가 발전기를 돌리기 시작한다면?
집집마다 번개 모양을 다 띄운다면?

그래서 말야
내가 해야 할 일이 없어진다면
행복할 수 있을까

가로등 밑 장대비
항구에서 처음 맡는 짠 냄새
안경알에 생긴 작은 기포

어느 것 하나
지우지 않아도 돼

오직 우리의 일이 될 수 있을 때까지
감전의 상태를 지속하는 것

우리의 일이 되면
온전히 그렇게 되면

떠날게

사람들 속으로 들어가
누구나가 되어서 거리를 떠돌래

그러니까 내 말은
그게 끝내

내 일이 아닌 일이 되는 건 아니라는 거야

방금 봤지?
한여름의 정전기
언제든 네 손을 잡을 수도 있지

타임 코드

긴 시간이 흘러

세계는 빛보다 빨라졌습니다

엄청난 속도로 얼굴과 시간이 뒤엉키며
만에 하나
서로의 등과 등이 닿기도 한다는 소문을 들었습니다

정거장에만 남아 있는 것들과 당신

소풍이나 새벽
오토바이 또는 리듬
담배와 적막 같은

도심의 강을 가로지르는 다리 위에서

한 사람의 빛을 읽고 나면
그 사람에 대해 조금 알게 될까
아예 모르게 되는 걸까

> 그런 생각이 아름답다고 짐작해 보았습니다

내 몸이 새카맣게 꺼져 가기 시작했을 때
비행기 없이 아주 멀리 간 그 나라에서

09:00:15:49의 나와
84:00:72:13의 당신이
부딪칩니다

가슴과 옆구리
쏟아져 내립니다

동시에

벗겨집니다

환하고 멀어
잊혀진 사람들의 등이 다리처럼 늘어섭니다

다시는 돌아오지 말자

말하며

당신이 도착한 자리

영영:영영:영영:영영

내가 사는 시간의 주소를 기록해 두었습니다

쎄쎄쎄

무엇이든 대신해서 쎄쎄쎄를 하면 어떨까

그런 생각을 했다
쎄쎄쎄가 너무 좋아서

손바닥에서 낙엽 밟는 소리가 날 때까지
길모퉁이에서도 놀이는 끝나지 않고

빨개진 손등을 시린 뺨에 얹어

벌칙이니까
좀 세게 맞아도 돼

종종 말하던

네가 노래를 멋대로 바꿔 부르면 짜증이 났다

아기 염소 다리가 콩콩콩 끊어진다고
배 타고 한국 끝까지 가고 싶다고

재미없게
왜 그러는데

구리구리구리구리
가위
바위

뭐가 얹힌 것 같았다

집에 돌아와 보면
스웨터에 매달린 부스러기

부러진 손톱처럼
햇빛에도 반짝이지 않는 것들

그걸 모아 색칠도 하고
알림장 앞에도 붙였다

손이 닿는다는 건

더 깊은 비밀

겨울밤 창문에
홀로 펼쳐 보는 도장 같은 것

읽고 싶은 책이 없을 때

나는 읽고 싶은 책이 될 수는 없지만

네가 따뜻한 지역으로 출장을 간 것
두고 온 사람이 있어
고개를 돌려 작아지는
목욕탕 건물과 찻집을 보았다는 것
이백 살이라는 거북이의 사진을 찍어
'오늘은 여기서 일해' 나에게 알려 주었을 때
신기하고 서글펐다는 네 말을 적는다

지구에서
다섯 번째로 빠르다는 기차 안

홀쭉한 그림자들이
입안에 모은 침을 힘주어 삼키며

고요의 테두리로
일렁인다는 소식을

잘 지내고 있습니다

편지를 썼지
언젠가 너에게 부치려고
집을 나설 때마다 가방에 넣어 다녔지
묻지 않아도 가끔 중얼거렸지
바람이 없는 날 나무를 흔들었지
지갑 한켠엔 우표를 넣은 작은 비닐 지퍼백
우체통을 피해 걸었지
내려야 하는 정류장을 지났지
내릴 수가 없어서
몸과 나는 하나라서 와르르
넘어진 뒤 다시는 주울 수 없을 것 같았지

꿈을 꾸면
꺼지지 않는 객실의 커튼처럼
눈물의 알몸을 미처 다 가리지 못한 편지들
거대한 호텔의 벽을 붙잡고 있지
여기 없는 이름이 펄럭거리는 밤
지하철역 출구와 시청 앞 광장과 숨과 노래의 밤
다가갈 수 없을 만큼 멀고 또 가까운 밤

한편에는 기도하다가 잠든 내가 있고
그런 나를 깨워 묻는 내가 있지
편지는 다 썼느냐고

수요일의 사람

너는 자주 사진을 찍었지

나는

타고나길 작은 자동차입니다
큰 자동차가 될 수는 없습니다

병원에서 그런 말을 듣고 슬펐지

너는 내가 슬퍼하는 그 시간에도
운명이 순간에 기대어
우리를 향해 고개를 갸우뚱하는
그 거대하고 사소한 눈빛을 잡고 싶어 했지

또 너는 등에 검정을 잔뜩 묻히고
검정이 다 되어 놓고
검정을 본 적 없다 말했지
그건 내가 본 검정 중에 가장 깜깜한 검정이었지

시인은 뭐하는 사람이야?
나는 가끔 시인
매일은 심장

너의 주머니에 함부로
옮겨 담기는

너는
별로 신기하지도 않으면서
감탄하곤 했지
예뻐요 아름다워요

어디서도 볼 수 없는 건 늘 너였고
그걸 알아채기 전 우리 오늘
이른 이별을 하지

천사가 아닌

안녕하세요? 저예요
따뜻하게 입고 다니세요

겨울에게도 안감을 덧대면 어떨까요
조금 두툼하게요
세상 모든 첨탑과 내리는 눈 위에
달걀프라이를 얹어 볼게요

사람들은 왜 높은 곳에서 보는 작은 불빛들을 각별해
하나요
자세히 보면 징그러울걸요
어디가 팔꿈치고 손가락인지 모를걸요

아 아름다운 거군요
너무 사랑하지는 않겠습니다
너무 아프고 싶지는 않거든요
라고 말하는군요

귀여워해 마지않을 존재는 안감이 필요한가요

지금보다 폭신한 꿈이어야 좋을까요

창밖엔 아직
내가 알지 못하는 종착지들 하양들

흐린 날입니다
바늘에 실도 끼우지 못할
한사코 겨울의 풍경

거리에서는 저마다
그릇에 첫눈을 가득 퍼 담아 주면서

이걸로 과일도 사 먹고 옷도 지어 입으렴
귀한 것이니 다른 것은 만들지 말으렴

그래도 저는 감히

오랜 밤 오랜 공터
이 세상에서 막 첫 잠에 드는

헐벗은 슬픔이 누워 있다

소리 내어 말하는 사람으로
살아 보기 위해 온 것만 같습니다

생일

초등학교 졸업식에 갔다 한 번도 만나 본 적 없는 아이의. 어린이 도서관에서 일하며 알게 된 사이라고 했다 그애가 레고를 갖고 싶어 했다면서 학교 앞 공터에 일찍 모여 우리는 수레국화와 라벤더를 조립했다 왜 야생화를 골랐어? 예쁘니까. 예쁘지 않아? 6학년 1반 2반이 015B의 이젠 안녕을 부르면서 얘들아 안녕 잘 살아라 외쳤다 어떤 아이는 웃지 않았다 아빠가 옆에서 사진을 찍어도 앞만 봤다 나는 먼 뒤에 서서 띄엄띄엄 따라 부르다가 그만 두었다 같이 온 친구 하나가 쟤들이 015B를 알까 나에게 물었다 부드럽게 흔들리는 졸업모들을 보았다 강당 입구에서 풍선 터널 앞에서 담임 선생님과 함께 사진을 찍어주고 종이 가방 속 선물을 전해 주고 연락처를 다시 확인하고. 난 가짜 꽃이 싫다 향기가 날 것 같고 죽지 않을 것 같고 그런 거. 졸업 축하해 꼭 연락해 친구들이 그 아이에게 몇 번 더 당부하는 사이 조금 먼저 운동장을 나왔다 다 같이 우동과 막걸리를 먹고 청계천을 걷다가 늦은 오후 지하철역 출구 앞에서 헤어질 때 편지와 작은 상자를 건네받았다 너의 날에, 라고 적혀 있었다

3부

새해

미워하는 일은
세상에서 제일 달콤하다

마음으로 누굴 죽이는 일도
죽일 사람 없나
여기저기 살피며 쏘다니는 것도 재밌다

그렇지만 몸이 아파
며칠 잘 못 자고

입은 니트가 살에 닿을 때
평소보다 까끌거리는 것 같아

미워할 만했어
난 진실만을 말했는걸

그렇게 가을이 멀어지고
눈이 몇 차례 내리는 동안

저절로 눈이 떠진 아침
오늘은 내 차지가 아닐까

한 번도 가져 본 적 없는
눈밭의 첫 발자국

얼마나 더 일찍 일어나야 하지?
아쉬워하며 돌아와

몸을 동그랗게 말아 누워
할 수 있는 한 끝까지
숨을 쉬는 운동을 길게 하곤

엄마가 압력솥에 지어 놓은 밥이 너무 맛있어
말없이 뒤척이며 끈적이는
하얀 쌀알을 삼킨다

처음 먹어 보는 나물에서
그리움 비슷한 냄새가 났다

생활과 비생활

공용 주차장에 자전거를 끌고 나갔다
이제 막 서늘한 바람이 부는데 언니는 짧은 바지를 자
주 입었다

비가 많이 왔다 앞을 볼 수 없어서
건물 사이를 잇는 다리 밑에서 기다렸다

손 안 놓을 거지
그래 그만 물어봐

언니 방에 몰래 들어간 적이 있다
포스터가 말려 있고 책상 서랍엔 일기가
문제집 앞 장엔 함께 과외받는 친구들이 별명을 적어
꾸며 놓은 낙서
담배를 몇 번 태웠다는 것
가끔 학교 사물함에 쓰던 세 자리 비밀번호 자물쇠가
문에 걸려 있었다

뭐야 나 진짜 화났어

자전거는 이렇게 배우는 거야
그건 그냥 거짓말이야

언니는 이제 충주에 산다
강줄기가 있고 민물고기 낚시터가 많은
무릎이 저리다면서 오랜만에 같이 자기라도 하는 밤이면
발바닥을 주물러 달라고 말할 수 있는 어색하고 어리둥
절한 곳

얼마 지난 미래에 저울의 영점을 두는 방법이나
의자 다리의 나사를 겉돌지 않게 조이는 법
슬프지 않게 안부를 전하거나 칼을 가지런히 꽂아 두
는 법
입술이 두꺼웠나 그림을 잘 그렸나 빨리 떠올리는 법
구름만 보고도 태풍 읽는 방법을 알고 싶어졌다

사실 자전거를 어떻게 타게 되었는지 기억나지 않고

언니가 없는 사진들 언니만 있는 사진들

작고 얕은 그릇에 우유와 으깬 과자를 섞어
골목의 쓰레기 더미 아래에 놓을 때
숨을 고르며 우리가
같이 있었다는 것 정도만

탄금호 수류를 따라 서울에서 이어지는 길
송전탑이 들어서고 있었다

폭염

― 충주

강에서 낚시를 하던 날
마을에 불이 났다

큰 불일수록
혼자인 사람에게 가서 붙는다고

미끼를 몇 차례 다시 끼우며
모든 초록색과 모든 갈색으로
빛나는 잉어를 보았다

불이 자꾸만 강이 되었다
바다보다 강이 깊다는 말을 자주 떠올렸다

죽은 남자가 누군지
아무도 알지 못했다

혼자인 여럿일지도
모른다고 했다

부르르 떨며
찌가 주저앉는다

조용한 강가

나란히 죽은
여름의 잉어 떼

태양이
느티나무 아래
갈라진 몸을 안고 서 있다

괴산에서

사람들은 산자락에 구덩이를 파고 살았다
슬픈 일이 있을 땐 울었다

아주 어리거나 아주 아팠다

퇴비 썩는 냄새가
흙의 틈새에 묻어 있었다

건넛마을이 불에 타며 반짝였다

곧 새 치아가 날 거야
어떤 기도는 오래 걸리지 않는다

지난 날 꿈에서 본 공터
과일 껍질로 만든 장난감 배
운동화 밑창에 붙어 있던 이파리를

땀이 식을 때까지 중얼거리며

구덩이 속에서 손을 잡았다

늦게 자면 키가 줄어든다고
물어본 적도 없는 걸
먼저 묻힌 우리가 이야기해 주었다

어제와 오늘은 더 작은 구멍 속

심장을 심은 자리

텅 빈 밤에는
돌들이 구르는 소리를 듣는다

용이게이트볼클럽

1

게이트볼장엔 늘 용이만 있었다
여기엔 왜 그늘이 없는 걸까

잔디가 촛대처럼 가지런해
나는 해안선 같은 게
용이 뒤에 있다고 믿었다

2

멀리 손을 흔드는 용이가 있었다

땅에 박힌 게이트는
모조리 열린 상태의 침묵

골을 넣어도 공은
멈추지 않고 끝까지 가는 폭력

3
구름이 구름을 업고 게이트를 통과하자
용이가 점수판을 넘긴다
파도 소리다

벗겨진 나무 데스크에 붓질
스며야 발끝에 닿는 노을
붉은
페인트 냄새

4
무엇이든 마르려면 기다려야 했다

빈 곳이 아직 많아

용이가 말했다

새에 대한 믿음2

화분에 참새를 뉘었다
살 수도 있을 것 같았다

피도 상처도 없이 죽는 일
그런 것을 알지 못했다

두 손을 떼자 금방 차가워졌다
그날따라 종례가 길었다

뒷자리 애가 휴지에 그린 낙서

눈사람
발자국
교복 재킷

새를 너무 믿었다
새가 울지 않았다

새를 불신했다

새가 울지 않았다

운동장 놀이터에 앉아
무릎보다 낮은 저 새들이
몇 번이나 햇빛을 구부리는 것을 본다

몸. 조망되기.

얼굴에 점이 많은 사람과 전망대까지 걸었다

사람들이 꽤 있었다
맥주 마시는 사람 운동하는 사람

사방이 어두운 곳에 찾아와
강 위의 다리가 반짝이길 기다리는 건 똑같았다

손끝으로 점 잇는 놀이를 하곤 했는데
마지막 하나가 언제부터 보이질 않아

그런 말을 듣고 나서
문득 하늘이 짙어지고
그 사람 얼굴 속에 강물이 찼다

그래
불 끄고 누워도
잠들 수 없이 몸속 밝은데
여길 왜 왔을까

전망대에서 내려와

물에서 물까지 부족해
4차선 횡단보도를 붙잡고 엎어진 빛 무더기를 본다

하얀 선만 밟는 거야
저 밑은 다 깊어

그렇게 내가 말하고
헛디디는 중

우리
환하면서 어두운 길
더 환한 것도 더 어두운 것도 없는 길

오후

아기 컵에 손잡이 두 개
놓쳐도 잡아 줄 맞은편이 있다면

공원 색칠하기

나무 아래
불이 꺼져 있다
기도하는 사람의 등은 검정

낮은 목소리로 이름을 불러도
너무 우울하지 않고 너무 반갑지 않은

안과 밖
나란히
순서 없이 놓인
살아 있는 사람들이 낯설다

빛나는 털을 가진 큰 개가
벤치에서 벤치로 옮겨 갈 때

두 발을 두고 왔네
어디에 두고 왔는지 알 것만 같네

언덕의 하얀 입들 사이

우르르 몰려와 어어어 가 버린

이미 없는 낙엽과 여기에 잡힌 낙엽들이
서로를 부르느라고 쓰다듬느라고
바람이 많이 불었다
그게 다 바람이었다

슬픔이 가끔 우리를 데리고 산책을 나왔다
그림자와 그림자를 잘 섞어
한시도 바닥을 비우지 않으려고

어리둥절해도 괜찮아
길을 잃을 수는 없으니까

햇빛에 펼친 몸

앗아가도록
도착하도록

아이들이 피크닉 매트에 앉아 카드 게임을 한다
자기 차례인 한 아이가 하트를 사랑이라 읽는다
작게 움직이는 혀
심장처럼 붉게 부푼 기척

무너져 내린 눈의 더 아래로
푹푹 꺼지는 무릎을 믿었다

숫양의 뿔로 만든 나팔 이름은 쇼파르
새해의 첫날을 축하하는 이스라엘의 상아색 속죄

이 공원의 끝까지 가야 해요
거기에 발이 있어요
아이가 말한다

黑

세 번까지 우릴 수 있어요
물을 더 끓일까요?

나는 두 번에서 멈춘다

찻집의 증기와 가라앉은 앞머리가
서늘한 이마를 덮기 시작할 때

이 잎은 7년 동안 발효되었어요
흑차 치고 매우 짧은 시간이지요

너, 이제 막 태어났구나

어떤 찻잎은
사람보다 길게 살고 길게 잔다

빈방을 천천히 알아차리는 사람의 얼굴을 하고

촘촘한 망 사이로 빠져나온

작은 잎들이 꼭
다 타지 않은 뼈 같아

휘젓지 못하고 조용히

소리 내어 셀 수는 없었어
너무 많아서
점점 불어나서

한 번 더 마실게요
천천히 마실게요

손에 닿았던 잔이 식으면
닿기 전보다 훨씬 더 차가워진다는데

안에 담긴 건

검어져도 검어져도
투명한 빛

너도야?
너도 그래?

아니다
아니야
나는 아닌 거 같아

출입문을 밀어내면

눈에 띄지 않을 만큼
아주 살짝 내려앉은 뺨
위의 찻잎

여기서 일어나는 일들

영원의 얼굴을 한 사람들
꿈속에서만 본 것은 아니지

며칠씩 열을 앓거나
누군가를 떠나보내고 나서
거울을 보면 돼

아픔을 이긴 건지 보낸 건지 모르겠는 얼굴
여러 사람이 울다 간 얼굴
그래서 세상엔 닮은 사람들이 있나 봐

기차 플랫폼에서
게이트를 오가는 사람들을 본 적 있어?

10D 7A 7D
언젠가 같은 자리에
앉은 적이 있다고 생각한다면

알 수가 없어

> 영원
이 말이 왜 늘 두려운 건지

각기 다른 영원들이
줄을 지어 기차에 오르는 새벽

나를 닮은 등을 봤어
내가 본 적 없는 등이었는데도

여기는 너무 밝아
창문에 붙어 손차양을 하고 찾다가

저기요
제가 좀 급한데요
서서 가도 좋으니 잠시 타도 될까요

검표원은 나를 보더니 갸우뚱

멈춰 세운 순간을 앞당기듯

조금은 더 빠른 속도로
기차가 빠져나갈 때

분명히 보았어
나를 쳐다보는
좌석을 가득 채운 나를

언제나 반대편에 서 있으면서
어디에서도 나를 떠나지 않는

오래도록 닦지 않은 차창에
새카매진 콧등을
하얀 셔츠의 소매로 닦아 냈어

가을 인사

실금 같은 빗줄기이 더 안쪽으로
발목을 넣어 보면
푸르른 새의 날개가 부딪는 소리

우산을 내려놓는 아이와
더 어린 아이의 떨리는 어깨

구름이 배꼽까지 오는 냇가에서
얼굴을 담그고

마지막 물놀이야
마지막이야

심장의 하트
침묵의 네모
여기의 동그라미

돌들이 짙어지다가 지워진다

투명 위에 투명을 엎지르는 기쁨
땀을 흘리고 씻어 내는 하늘처럼

멀리서 달려오는 햇빛 한가운데
작별이 몸을
붉게 태우고 있다

산책

한낮
포플러나무가 가득한 거리

여름이 있었습니다

과거의 영원 같은
영원의 과거 같은 개울

그 물이 다 마르길 바라며
멈춰 서 있었지요

작은 폭포가 수면을 때리며

종소리가 되고
들판이 되고
참외가 되고요

여름이 울면서 길을 걸었습니다

걷고 걸어서
길이 지워집니다

걷고 걸어서
노루오줌꽃보다 더 얇아집니다

젖은 몸이 잘 마르는 볕이 있다는 게
너무 좋았지요

잘 마르는 여름이네 하고

마르지 않는 여름 앞에서 속삭이는
여름은 너무 좋았지요

설탕 기둥

닮은 슬픔을 만나자 어금니가 녹는다

특별해서가 아니야
드디어 일그러지는 거야

높이 뜬 공 안으로
뛰어 들어가

세상이 흔들리며 내는 소리를 듣는다

그러면 모든 슬픔이
내 것은 아니라는 슬픔을
몸은 아직 뼈로 이어져 있다는 걸 알게 될까

열차의 손잡이를 잡고 나면 뜨거운 수건 냄새가 났다

끝이 패인 손가락을
사람들이 주머니에 넣고 걷는다

사라지지 않고 밤이 되는 노을

역 담장 너머
아이들이 공을 멀리 찬다

이따금 멀미가 났다

과적합

친구가 결혼을 했다
아이를 낳았다

다 나의 꿈속에서

죽은 친구는
숲에서 깨어난 얼굴
빛뿐인 풍경처럼 옅다

산양을 보호하려고
연구원들은 나뭇가지에 카메라를 달아 둔다고 했다

닮은 얼굴이 꿈에 또 나오면
기억하려고
머리맡에 사진을 붙여 두었다

그 뒤로 꿈은 멀리 달려가고

기도를 하면

빗속에서 산양의 소리를 들을 수 있었다

비가 되는 산양

사람의 눈
사람의 코
사람의 다리를 가진

산양은 평생
한 번도 젖지 않는다고 했다

계속 사라져서 곧 없어진다고 했다

기도가 가까워졌다는 걸
알아차리는 순간

더 깊은 숲으로 엎드리는 고요

창틀에 튀기는 빗방울

어깨는 젖은 모래처럼 어두운 무늬

사랑의 경로*

수련원에 온 아이들이
운동장 고무 대야에 잔뜩 만들어 놓고 간 것

심장에 대해 이야기할 때
사랑은 너무 약하고 낭만적이지만

물풍선은 어때
터트리기 위해 채워 넣은

순서를 알 수 없는 시한폭탄처럼

바닥에 가까워질 듯
바닥에 닿지는 않은

이런 걸 가지고 태어난 적 있나
중얼거리면서

출렁이는 가슴을
조금도 쏟지 않으려는 게 웃기다

말랑거리는 건 기분 나빠
산산조각이 내겐 더 가까워

밟는다

발바닥을 간질이며 부드럽게
굴러 나와 춤추는

파랑
보라
연두

부풀지 않을 모양은
처음부터 정해져 있는 것 같지만

밟는 법도 배워야 아는 거라고
양말을 벗는 사람이 어디 있느냐고

물은 줄지 않고

더 높아지기만 해서
그걸 퍼다가 빨래를 한다

* 신승은, 「사랑의 경로」(2019).

해안 순환 버스

동굴이 많은 섬에 가면
옷이 젖고는 한다는데

30분 간격이야
어디에서나 다시 탈 수 있대

이민지나 전민지가
연등에 자기 소원을 묶을 때

해안의 끝에서 끝까지
허공의 손바닥들이 뒤집히며
차르르
차르르르

기사는 친절하고 심심한 사람들

사월에는 음악회를 해요
소리가 멀리까지 울리겠죠

이즈음 건너편 섬에서는
사람을 잡아먹는 귀신 울음이 들린다고도

동굴 천장이 닫히면 검은 모래 해변까지
파도가 높게 친다

바람 이후에 바람
바람 다음에 바람

바다가 아니라 사람이 만든 동굴이었다면
믿었을까

아빠와 동생이 물에 발을 담갔다
엄마가 멀리서 손을 흔들었다
사진을 찍는 사람은 언니

섬 뒤쪽을 보세요
등대까지 걸어가면 더 잘 보인답니다

소 뒷다리 같은 모양이죠?
그렇다고 해 주세요

아니다
어둠 속에서 잠을 자는 사람

그릇 돌담 메아리

희고 하얀

너도 봤잖아
너도 봤잖아

영원은 물빛

오래전에 출발했다

노을이 너무 아름다워요
다음엔 하루 묵고 가세요

유년의 극장

박혜진(문학평론가)

두 개의 길

'여름 방학'이라는 말 앞에서 조용한 신비감을 느낀다. 방학이 끝나고 학교로 돌아온 아이들은 어딘가 달라져 있었다. 누구는 놀랄 만큼 키가 자라 자칫하면 몰라볼 뻔했고 누구는 알 수 없는 그림자가 길어져 역시나 몰라볼 뻔했던 기억. 변화야 매일같이 일어났을 시절이지만 방학이라는 간격을 두고 다시 만난 우리의 변화는 서로가 서로에게 변신에 가까웠다. 나도 예외는 아니었을 것이다. 많은 방학이 있었고, 그만큼 많은 변신이 있었다. 여름 방학은 조금 더 각별한 위치를 차지했다. 여름에는 모든 물질이 너무 빨리 변했고 낮은 너무 길었으므로 여름 방학에 우리는 더 많이 달라졌다. 여느 식물들과 여느 동물들처럼 달라져 있었다. 방학이라는 말에서 떨어져도 한참 떨어진 나이가 되었지만 아직도 나는 '여름 방학'이라는 말 앞에서 내가 다 헤아릴 수 없었던 변신들을 떠올린다. 내가 처음 본 마윤지의 시는 「여름 방학」이다.

"너 매미가 언제 우는지 알아?" 질문으로 시작하는 시는 매미를 우는 시간대에 따라 참매미와 말매미로 구분한다. 참매미는 동이 트기 전부터 아침 먹을 때까지 울고 말매미는 아침부터 낮까지 운다면서. 그럼 낮부터 동이 틀 때까지 우는 매미는? 이쪽에서 다시 질문하고 싶어지려는 찰나 매미 같은 울음소리를 내는 아이들이 등장한다. 아이들은 "따르르르 아르르르" "보쏘뜨로 — 스 보쏘뜨라 — 스" 마당에 앉아서 에스파냐어를 공부한다. 아이들은 매미 같고 매미들은 아이 같다. 이어지는 것은 매미의 울음소리에 대한 두 가지 상반된 주장이다. 하나는 매미가 울음을 통해 새도 쫓고 더위도 잊는다는 것이다. "뜨거운 날엔 옥상에 물을 뿌"려 더위를 쫓아내는 사람들처럼 매미도 울어서 힘든 걸 몰아낸다는 식이다. 인간의 시선으로 바라본 매미의 소리다. 다른 주장은 매미가 떨면서 소리를 낸다는 것인데, 사실 매미는 (사람처럼) 목으로 우는 것이 아니라 배에 있는 진동막을 떨어서 소리를 만들 뿐이라는 관점이다. 과학적 시선으로 바라본 매미의 소리다.

매미의 울음에 대한 상이한 해석은 세계를 바라보는 두

관점을 보여 준다. 어떤 세상은 매미의 울음을 통해 더 많은 자신의 이야기를 하고 싶어 한다. 그러나 또 어떤 세상은 매미의 울음에서 이야기를 걷어 내고 소리 그 자체만 보고 싶어 한다. 유년의 시기가 이야기로 가득 찬 허구의 세계라면 유년의 상실이란 검증되지 못한 이야기가 하나둘씩 사라져 가는 사실의 세계일 것이다. 방학이 끝난 뒤 돌아온 아이들은 몰라보게 변해 있었다. 어떤 아이들은 허구의 세계에 더 탐닉했고 어떤 아이들은 사실의 세계로 한층 깊숙이 들어가 있었다. 방학이란, 그것도 여름 방학이란 자신을 더 강한 힘으로 끌어당기는 것이 어느 방향인지를 혼자 알게 되는 시간이 아니었을까. 바깥은 여름이라 매일매일이 달라지고 우리도 덩달아 매일의 혼돈을 경험하는 시간. 이 시의 화자는 두 세계 중 하나의 세계로 들어간다. 그것은 이야기의 세계다.

가득 찬 고무 대야
아주 느리게 헤엄치는 날개들

불이 너무 뜨거워 불 속에 손을 넣었다
좋은 일이 생길 거라고 했다

—「여름 방학」에서

불이 너무 뜨거워 불 속에 손을 넣었다는 것은 영 앞뒤가 맞지 않는다. 인과의 세계, 합리의 세계, 사실의 세계에서 보자면 그렇다. 불행의 조건을 선택한 뒤 좋은 일이 올 거라고 믿는 행위는 더더욱 납득이 안 된다. 매미의 울음소리를 바라보는 두 시선을 제시한 뒤 이어지는 모순적인 전개는 화자가 선택한 것이 허구의 세계, 이야기의 세계, 문학의 세계임을 암시한다. 우리는 유년을 지나온 다음에도, 어쩌면 죽음이 임박할 그때까지도 삶을 보고 기록할 자기만의 언어를 찾지 못해 방황한다. 이 시를 읽을 때 나는 지나온 모든 방학의 순례자가 되고 싶었다. 그때 그 방학들을 방문하면 시간으로서의 유년과 무관한 실존으로서의 유년을 만날 수 있을 것 같았다. 나는 어떤 혼돈 속에 있었던가. 지금은 어떤 선택 속에 있는가. 「여름 방학」에서 시작된 마윤지 읽기는 유년의 숨은 장면을 만나는 순례의 길이었다. 훼손되거나 오염되지 않은, 미화되거나 장식되지 않은 맨얼굴의 유년이 거기 있었다.

열쇠 구멍이라는 통로

　장 폴 사르트르의 중편소설 「한 지도자의 어린 시절」은 유년이란 무엇인가에 대한 대답이 되어 준다. 어른이 되어 가는 과정을 그리는 이 소설의 주인공은 뤼시앙이라는 한 남성이다. 그는 삶의 모든 순간마다 타인에게 보여지는 모습대로 자기를 선택한 결과 지배 계급의 인간이 되는 데 성공한다. 가령 뤼시앙은 태어나자마자 "귀여운 아가씨"라 불리며 여자아이처럼 대해진다. 그러자 그는 자신이 여자애가 분명하다고 생각하는데, 그렇게 생각하자 목소리도 맑아진 것 같고 동작도 우아해진 것 같다는 느낌을 받는다. 사르트르가 이 작품을 통해 말하고자 한 바는 무한한 가능성을 지닌 채 태어난 한 인간이 대부분의 가능성을 상실해 가는 과정, 즉 파시즘의 메커니즘과 그에 대한 비판이다. 표면적으로 뤼시앙은 성공한 어른이지만 실존적으로 뤼시앙은 실패한 아이인 것이다.

성공한 어른과 실패한 아이는 동전의 양면이지만, 뤼시앙이 처음부터 자신을 타자에게 양도했던 건 아니다. 타인의 인식에 자신의 존재를 맞추기 이전, 그러니까 어린시절의 뤼시앙은 타인의 평가대로 살아가는 것에 저항한다. 그는 자주 '고아 놀이'를 했다. 고아 놀이 속에서 그는 말 그대로 자신의 출처이자 보호자인 어른 없는 세계 속에 던져진 스스로를 데리고 논다. 현재의 자신과 상관없는 다른 존재로서의 자신을 상상하는 일은 사뭇 자립적이다. 또 어떤 날에는 장난감이 어떻게 조립됐는지 보고 싶은 마음에 모조리 망가뜨려 보기도 하고 면도칼로 의자의 받침나무를 찢고 인형을 떨어뜨려 그 안에 뭐가 있는지 알아보려고도 한다. 하지만 그런저런 시도 끝에 그가 얻은 결론은 대략 다음과 같이 절망적이다. "물건들은 바보였다.

그것은 실상 존재하고 있지 않았다." 이후 그는 아버지의 지시에 따라 지도 위에 있는 나라들의 이름을 외우는 것으로 시간을 보낸다. "뤼시앙 인생에서 가장 지루한 세월"로 기억되는 시절이다. 이름의 허상을 안 뤼시앙은 그 무상함을 기억한 채 이름의 세계에 입성한다.

이름의 세계에서 매사에 극도로 무관심한 어린이가 된 뤼시앙이 다시 활기를 찾은 것은 '열쇠 구멍' 버릇이 생기면서부터다. 열쇠 구멍으로 안을 들여다보면 자신의 존재를 모른 채 안에서 본연의 모습으로 행동하는 사람을 볼 수 있었는데, 그럴 때면 뤼시앙 자신에게도 몸이 사라지는 것 같은 기분이 들었다. 열쇠 구멍으로 들여다본 엄마는 몸을 씻고 있다. 그녀는 아무에게도 보여지지 않고 있다는 생각에 자신의 몸과 얼굴을 완전히 잊고 있는 듯 보인다. 한번은 거울 앞에 앉은 친구의 표정을 본다. 그 표정에서 뤼시앙은 불현듯 공포를 느낀다. 그 공포는 끝내 해명되지 않았지만 익숙한 타인의 낯선 얼굴에서 느끼는 기이함이란 대체로 의도하지 않은 진실을 봐 버렸을 때 경험하게 되는 기분인바, 열쇠 구멍으로 본 세상은 이름의 세계가 주는 지루함을 상쇄할 만큼 그에게 일시적 명랑함을 준다. 타인의 시선이 개입되지 않은 존재의 세계였기 때문이다. 이름의 세계와 존재의 세계가 생의 어느 때보다 더 격렬하게 부딪치는 시절, 우리는 그것을 유년이라 부른다.

격렬한 시기인 유년은 쉽게 타인에게 점령당한다. 그들

에게는 세상을 바라보는 '열쇠 구멍'이 없거나 있다 해도 그것을 소지하도록 허락받지 못한다. 열쇠 구멍으로 진실을 보는 건 성공한 어른이 되는 길이 아니기 때문이다. 따라서 유년 시절이라는 짧지도 길지도 않은 그 시간대에는 누구도 (자신마저도) 접근하지 못한 금지 구역이 생긴다. 그 구역에는 이름이 없다. 입구도 출구도 폐쇄되어 있다. 아직 발견되지 않은 그 구역을 발견할 수 있는 것은 유년의 시기를 지나 어른이 된 그 자신일 따름이다. 『개구리 극장』에서 시인은 그 간과된 시절을 길어 올리는 넓은 그물망을 친다. 이 그물 안에 이름 없이 살아 있던 유년 시절이 걸려 올라온다. 뤼시앙의 열쇠 구멍처럼 해석이나 기대에 '오염'되지 않은 그 자체로서의 유년이 우리 앞에 다시 나타난다. 우리는 이 구멍을 통해 타인을 인식하지 않는 탓에 자신의 몸과 얼굴을 완전히 잊고 있는 듯 보이는 누군가의 유년 시절을 만난다. 구멍에 눈을 댔을 때 가장 먼저 보이는 시가 있다. 「오랑은 사람 우탄은 숲」이 우리를 마중 나와 있다.

이름을 부를 때마다
수많은 벽돌

아이가 던지고
아이가 받은

내가 무너뜨릴 수 없고

내가 쌓을 수 없는

─「오랑은 사람 우탄은 숲」에서

　이 시는 동물원에 갔을 때의 어린 '나'를 의미하는 아이와 현재의 어른이 된 '나'를 두 축에 놓고 있다. 동물들과 자신의 위계를 구분하지 않은 채 동물과 자신을 바라보는 아이였던 '나'가 있다. 그러나 자라면서 그 이름들과 '나' 사이에는 벽이 생긴다. 그 벽을 가득 채우고 있는 것은 벽돌이다. 묘사에서 의미가 추출되는 지점은 그 시절을 바라보는 현재의 '나'가 취하는 태도가 드러날 때다. '나'는 아이가 던지고 받은 그 벽돌을 자신이 사용할 수 없다는 것을 안다. 알기에 아이의 벽돌을 그대로 둔다. 미래의 자신이 과거의 자신을 무너뜨릴 수도 다시 쌓을 수도 없다는 태도는 구분과 단절이 아니라 보존과 인정이다. 있는 그대로 보존하는 데 사력을 다하는 태도는 발굴된 유물을 대하는 자세와 닮았다. 세월의 흐름 속에서 사후적으로 의미가 결정되기 쉬운 유년이 그 시절의 모습으로 복원된다. 이는 시집에서 반복되며 강조되는 형식이기도 하다. 아이들의 놀이를 있는 그대로 들여다보면 그 안에 모든 것이 있다. 그때 그 시절(時節)도 있고 그때 그 시절(詩節)도 있다.

노는 아이들과 시

　다양한 놀이 문화가 소재로 쓰이고 있는 것은 그것이 유년이라는 상태로 들어가는 지름길이기 때문이다. 「포천」은 한국의 전통 민속놀이인 쥐불놀이를 소재로 놀이가 지닌 원시적이면서도 현대적인 성격을 동시에 꺼내 놓는다. 쥐불놀이는 정월 대보름 전날 논둑이나 밭둑에 불을 지르고 돌아다니며 노는 놀이다. 들판에 나가 작은 구멍을 여러 개 뚫어 놓은 깡통에 짚단 등을 넣고 불을 붙인다. 불붙은 깡통을 빙빙 돌리다 논밭에 던져 놓으면 그 불길이 잡초를 태워 해충이나 쥐의 피해를 줄일 수 있다. 이렇게 보면 농사를 위한 실용적인 기능만 있는 것 같지만 이 놀이에는 액운과 재앙을 태워 준다는 상징적인 의미도 있어 쥐불을 회전시킬 때 아이들은 소원을 빈다. 지금은 거의 사라진 쥐불'놀이'가 「포천」에서 넓은 의미의 스펙트럼을 지닌 놀이 '문화'의 상징으로 제시된다. 그러나 놀이 자체가 중요한 건 아니다. 마윤지의 '놀이 시'는 그것의 구체적인 방법 안에서 시작(詩作)의 방법으로 승화된다.

　「포천」의 주인공은 아이들이다. 어른들은 아이들에게 놀이의 규칙을 알려 준다. 시에서 쥐불놀이는 아이들의 놀이 대상이자 쥐를 잡기 위한 노동의 대상이기도 하고 소원을 비는 주술의 세계인 동시에 다음 해 돋아날 새싹을 위한 거름, 즉 재생의 의미도 가진다. 여기까지가 사람들의 시점에서 본 쥐불놀이였다면 이어지는 장면에서는 귀신들의 시점에서 본 쥐불놀이로의 전환이 일어난다. 발이 시렵고 가렵던 아이들은 꽹과리 연주를 하며 고깔과 상모를 힘차게 돌린다. 빙빙 돌아가던 깡통이 휘휘 돌아가는 상모의 이미지와 결합하는 순간은 이 시의 절정이다. 이제 불길은 쥐만 잡는 것이 아니라 인간의 '무엇'도 가져간다. "커다란 불이 인간의 귀를 떼어 간 것을 알았다"라는 말에는 쥐와 인간과 귀신이 뒤섞이는 혼돈의 에너지가 있다. 놀이는 그것에 참여하는 사람들을 이전과 다른 상태에 이르게 한다. 놀이 이전의 기준은 잠시 멀어지고 놀이일 때에만 가능한 다른 기준이 가까워진다. 쥐와 인간과 귀신이 뒤섞이며 만드는 무경계의 상태, 그 혼돈의 에너지가 그것이다.

「쎄쎄쎄」도 유년의 놀이에 대한 추억에서 시작된다. 쥐불놀이에 비하면 훨씬 개인적이고 소박하며 단순하기까지 한 이 놀이는 두 사람이 노래에 맞춰 정해진 손동작을 하는 것이 전부다. "너무 좋아서" "무엇이든 대신해서 쎄쎄쎄를 하면 어떨까" 하고 상상하는 이유는 '쎄쎄쎄'에 대한 추억이 손이 닿았던 시간에 대한 추억이기 때문일 것이다. 성장한다는 말에는 자신의 영역이 뚜렷해진다는 의미가 숨어 있고 그 영역에는 물론 몸의 구분이 포함되어 있다. 추억화된 유년은 몸과 몸이 맞닿은 채 정해진 규칙에 따라 게임을 하고 게임에 지거나 규칙을 어기면 벌칙을 받는 질서라는 이름 아래 존재한다. 약속과 응징이 정직하게 실현되는 세계에서 우리는 손을 잡고 놀며 유대감을 형성한다. "집에 돌아와" 발견하는 "스웨터에 매달린 부스러기"처럼 손을 맞잡고 놀았던 그 시절은 흔적으로 남아 있다. 놀이 중에만 가능했던 약속의 세계 역시 흔적으로 남아 있다.

「용이게이트볼클럽」은 게이트볼 경기를 할 수 있는 잔디를 배경으로 시작해 나무 책상으로 이어지며 잔디 위의 빈 곳과 책상 위의 빈 곳을 연결시킨다. 땅에는 경기용 게이트가 박혀 있고 용이는 이 경기의 심판이다. 시에서 게이트는 "열린 상태의 침묵"이라는 탁월한 표현으로 묘사된다. 그 안에 공을 넣어도 그물이 없으므로 움직이는 공이 멈추지 않는다. 넣기 위해 온 힘을 다했으나 게이트에는 아무런 변화가 없다. 무심한 골대 사이를 뚫고 가는 질주를 가리켜 시인은 "폭력"이라 부른다. 폭력의 게이트는 곧 "벗겨진 나무 데스크"의 이미지로 이어지며 "빈 곳"이라는 공통의 의미에 안착한다. 돌이켜보는 유년 시절은 빈 곳이 많다. 채워 넣은 빈 데가 "마르려면 기다려야 한다." 그 기다림 또한 "열린 상태의 침묵"이었음을 기다려 본 사람은 안다. 「용이게이트볼클럽」은 유년의 불안과 막막함에 대한 비유이자 유년이라는 시절의 속성에 대한 은유이기도 하다.

「쎄쎄쎄」가 놀이의 형식을 강조한다면 「용이게이트볼

클럽」은 놀이의 내용을 강조한다. 정해진 규칙이 있고 그 규칙 속에서 만족을 느껴야 하는 것이 놀이이지만 규칙이 놀이의 전부는 아니다. 공을 넣는다 해도 그 공이 통제할 수 없는 곳으로 나아가기에 그 방향에 대한 확신은 끝내 가질 수 없다는 점에서 침묵과 침묵이 주는 불안은 놀이의 실질적인 의미다. 이들 '놀이 시'로부터 우리는 앞으로의 마윤지가 어떤 위대한 시와 시인에도 예속되지 않은 자기만의 시를 쓸 것이라는 예감을 느낀다. 후미진 기억에 방치된 그 시절의 놀이들을 일으켜 세우고 묻은 흙을 털어 주며 다시 '플레이'하게 만드는 이 시들은 유년이라는 한 시절의 본질을 포착하는 것은 물론, 각각의 놀이를 이루는 규칙의 언어를 서사적 언어로 비약시키며 시적 환기를 만들어 낸다. 그렇게 산출(産出)된 마윤지의 시는 모두의 것이자 나만의 것인 유년기를 회복시킨다. 이때 유년은 지나간 과거만을 뜻하지 않는다. 그것은 차라리 새로운 과거다.

반짝이는 죽음

지아장커의 영화 「스틸 라이프」는 사라진 아내와 딸을 찾아 산샤(三峽)로 온 한 남자가 낮에는 산샤의 신도시 개발 지역에서 노동을 하고 휴일에는 아내를 찾아 헤매는 내용이다. 영화에는 산샤로 흘러든 또 한 사람이 있다. 그도 역시 2년째 소식이 끊긴 채 별거 중인 남편을 찾아 산샤로 찾아들었다는 사연이 있다. 영화는 자신이 잃어버린 것을 찾기 위해 막막하게 방황하는 두 사람 뒤로 개발 중에 있는 산샤의 전경을 배치한다. 무심하게 바뀌는 배경은 그들의 상실이 의미하는 바를 차갑게 암시한다. 두 사람은 가족과 재회할 수 없을 것이다. 재회한다 해도 자신이 잃어버리기 전의 그 모습은 아닐 것이다. 그들이 살던 세상은 사라지고 있다. 이전의 세상은 허물어지는 중이고 그 자리에 다시 태어날 세상은 그들을 위한 곳이 아니다. 빠르게 개발되며 팽창되는 세계는 기존의 세계에 포함된 사람들에게 상실을 안긴다. 한 인간의 변화와 성장에도 상실이 따른다. 변화는 우리의 뒤를 바짝 쫓아온다. 우리는 변화에 쫓기면서 새로운 것에 자리를 내어 준다.

「혜미의 아파트」는 낯선 눈으로 관찰된 오래된 아파트의 구석구석을 비추며 시작한다. 사선으로 된 복도식 건물이 신기해 직접 걸어 올라가 보기로 하는 화자는 이런 오래된 아파트를 본 적이 없는 것 같다. 아파트 곳곳에서는 세월의 흔적이 생생하다. 낡은 비상구, 마모된 고무 패드, 문고리 없는 비상구, 다 닳아빠진 미끄럼 방지턱…… 낡은 것들과 만나며 한 층 한 층 지나온 사이 어느새 화자는 꼭대기에 도착했다. 꼭대기에서 보이는 것들은 이전에 본 것처럼 익숙하되 낡은 것이 아니다. 빨갛고 노란 토마토, 하늘, 그리고 혜미가 그려 놓은 새 그림들. 낡은 건물들의 층층을 통과해 낡지 않은 것들을 만나면서 시상이 전환되려는 찰나, 화자의 눈앞에 재건축을 기원하는 대자보가 보인다. 의식의 흐름은 차단되고 이제 머릿속에는 오래된 아파트를 이루고 있던 구석구석의 흔적들이 소멸해 갈 과정이 그려진다. 이전의 것들은 새로운 것들의 출현에 밀려난다. 시간에 있어 이전의 것인 유년은 영원한 약자일지 모른다. 유년은 새로운 시간에 쫓기며 자신을 성인으로 변형시킨다.

그러나 쫓겨난 것들은 그저 다 사라질 뿐인 걸까? 쫓겨난 것들과 재회할 가능성을 꿈꿀 수는 없을까? 「개구리극장」에서의 설정과 서사는 쫓겨난 존재들이 귀환할 수 있는 길을 열어 준다. 이 시에서 죽은 사람들은 별이 아니라 개구리가 된다. 극장에서는 자신의 죽음이 상영된다. 때로 다큐도 볼 수 있는 것은, 「여름 방학」에서 우리가 읽어 냈던 것처럼 이 시인의 거주지가 '사실'의 세계가 아닌 '이야기'의 세계이기 때문이다. 때로 다큐도 볼 수 있다는 것은 거의 다큐를 볼 수 없다는 말이기도 하다. 다만 극장은 자신의 거주지뿐만 아니라 여행지도 보여 준다. 두 세계를 모두 포괄하는 점에서 극장은 총체적인 세계에 대한 비유다. 캄캄한 밤을 가득 채우던 개구리 울음소리를 들으며 청각만으로 개구리의 실재를 상상하는 것처럼 어두운 영화관에서 자신의 죽음을 관람하는 전직 인간이자 현직 개구리는 "이야기"의 증거를 통해 삶을 상상한다. 이야기는 그들의 슬픔과 그들의 불운, 요컨대 그들의 인생이 실재했다는 증거다.

의자 밑
인간들이 흘리고 간 한 줌의 자갈
그것이 연못이었다는 이야기

떼어 낸 심장이 식염수 속에서
한동안 혼자 뛰는 것처럼

떨어져 나온 슬픔이
미처 다 걸어가지 못하고
멈추기 전에 낚아야 해요

(중략)

나는 극장에서 사람 구경을 자주 해요
사람들이 어둠 뒤에 숨어 울고 웃는 걸
반짝이는 죽음이라고 이름 붙였거든요

—「개구리극장」에서

"반짝이는 죽음"이라 이름 붙여진 것은 어둠 뒤에 숨

어 울고 웃는 사람들이다. 이젠 더 존재하지 않는 그 웃음과 울음은 시적 논리에 따르면 죽은 인간들이겠지만, 인류라는 더 역사적 존재를 상정할 때, 그들은 인류의 유년이 될 수도 있을 것이다. 한 인간의 시간이 확장되면 인류의 시간이 되고, 보편 개념으로서 유년이란 해석을 기다리고 있는 새로운 과거가 된다. 다가오는 것들에 자리를 내어 준 수많은 죽음의 역사가 반짝임의 역사가 될 수 있는 것은 '새로운 과거'라는 관점을 통해 삶과 죽음이 이야기가 되었기 때문이다. 이야기를 상영하는 극장은 우리가 이 시집에서 발견할 수 있는 최후의 놀이이자 최상의 놀이다. 인간은 이야기를 통해 놀고 이야기를 통해 기억하며 이야기를 통해 회복한다. 이야기가 있으면 자신의 죽음까지도, 어떤 필터도 없이 적나라하게 그려지는 기록된 죽음마저도 관람할 수 있다. 이야기는 쫓겨난 유년들이 귀환하는 통로다.

마윤지의 시를 읽는 동안 내 유년의 '방학' 같은 시간을 자주 떠올렸다. 내 인생의 침묵하는 신비. 유년기의 나는 매일 밤 침대 위에서 나와 내가 아는 사람들의 죽음을 관람했더랬다. 당시에는 천장에 야광 별이 박힌 벽지가 유행이어서 내 방 천장에도 야광 별들이 촘촘히 박혀 있었다. 불을 끄면 잠깐 환하게 빛나던 별들은 시간이 지나면 이내 빛을 잃었다. 질 낮은 야광 도료였기 때문이 분명하지만 그때는 시간이 갈수록 희미해지는 빛이 마치 내게서 멀어지는 것 같아 오히려 마음에 들었다. 멀어질 공간이 있다는 건 여기 이곳이 우주처럼 넓은 공간이라 생각할 수 있는 조건이었으니까. 그렇게 생각하면 별들 사이로 죽은 내가 둥둥 떠다니는 상상이 조금 더 리얼하게 느껴졌다. 그밤 또 그밤, 내가 버리고 싶었던 이름의 세계는 무엇이고 가두고 싶었던 존재의 세계는 무엇이었을까. 기억의 구석에 숨죽이고 있던 나를 만나니 그런 것들이 궁금하다. "너 매미가 언제 우는지 알아?" 그 시절 그 별이, 빛을 잃어가던 천장이, 내게는 '개구리극장'이었다. 지금 내게는 별이 빛나는 천장 따위 없다. 그러나 이젠 별도 천장도 필요치 않다. 이 시집이 천장이자 열쇠 구멍이다. 이름의 세계에서 존재의 세계로 넘어가는 통로. "매미"는 이름일 뿐이다. 물건들이 바보이듯. 내 대답은 이것이다. "난 네가 언제 우는지 알아."

이원(시인)

마윤지의 시는 간결하고 깨끗하다. 읽고 나면 알싸하다. 연천 괴산 충주 그릇 돌담 메아리 방울토마토 흑토마토, 둥글게 굴리던 사탕이 남아 있다. "개구리 극장"처럼 "해안 순환 버스"처럼 돌고 돈다.

몸은 어른인데 미성년의 발성이다. 어른의 세계에서 아이를 잃지 않는 화자는 구분 없이 본다. 숨김 없이 쓴다. 순수하고 오염되지 않은 언어는 사라지거나 지워진 존재들을 복원시킨다. 마땅한 방향을 가리킨다. "사람에게서 멀리 걸어 나온 발"만이 닿을 수 있는, '살리는' 자리, 마윤지가 있는 곳이다.

무해함이 세상을 구할 수 있을까? 무해하고 순정한 마음이 모이면 세상에 빛이 될 수 있을까? 마윤지 시는 이

물음에 대한 하나의 답이다. "보이지 않는 곳부터 보이지 않는 데까지" 희망의 노동을 멈추지 않는 이 시편들을 '새로운 윤리'라고 부르자.

지은이 **마윤지**

1993년 서울에서 태어났다.
2022년 《계간 파란》 신인상을 수상하며 작품활동을 시작했다.

개구리극장

1판 1쇄 찍음 2024년 3월 8일
1판 1쇄 펴냄 2024년 3월 22일

지은이 마윤지
발행인 박근섭, 박상준
펴낸곳 (주)민음사

출판등록 1966. 5. 19. (제16-490호)
서울특별시 강남구 도산대로1길 62(신사동)
강남출판문화센터 5층 (06027)
대표전화 02-515-2000 / 팩시밀리 02-515-2007
www.minumsa.com

ISBN 978-89-374-0940-0 (04810)
　　　 978-89-374-0802-1 (세트)

* 잘못 만들어진 책은 구입처에서 교환해 드립니다.

민음의 시

민음의 시
목록